U0600328

孤桐秘虚鸣，
朴素传幽真。

幽真集

陈韵如／著

沈阳出版发行集团

沈阳出版社

图书在版编目（CIP）数据

幽真集 / 陈韵如著 . -- 沈阳 : 沈阳出版社 , 2019.3

ISBN 978-7-5441-9992-6

Ⅰ . ①幽… Ⅱ . ①陈… Ⅲ . ①诗词 - 作品集 - 中国 - 当代 Ⅳ . ① I227

中国版本图书馆 CIP 数据核字 (2019) 第 041894 号

出版发行：沈阳出版发行集团|沈阳出版社
（地址：沈阳市沈河区南翰林路 10 号　邮编：110011）
网　　址：http://www.sycbs.com
印　　刷：定州启航印刷有限公司
幅面尺寸：140mm × 210mm
印　　张：3.5
字　　数：100 千字
出版时间：2019 年 3 月第 1 版
印刷时间：2019 年 3 月第 1 次印刷
责任编辑：周　阳
封面设计：优盛文化
版式设计：优盛文化
责任校对：赵秀霞
责任监印：杨　旭

书　　号：ISBN 978-7-5441-9992-6
定　　价：35.00 元

联系电话：024-24112447
E - mail：sy24112447@163.com

幽真集序

余幼而好文，每览前人诗赋，然犹不能得其真意。及稍长，略通其意，犹恨所见闻之微。余平生所览山川胜迹，未半于八闽之岳，无论五岳、黄、庐。以故眼界甚狭，以为憾事。

余观夫古贤人文章，其浩然于中，发于纸上，或汪洋澹泊，或奔流扬波，或汋约婉丽，或质朴天成。遥思遐慕，未尝一日而辍。以才疏鄙薄，不能及也。然幸略有怀于中，陈于寸管，亦可当平生一时见闻所感之得。

苏子由云："文者气之所形"。信也。古人有所思辄发于文，故其精魂皆由其文得之，诵其文，而与之心会，远游八荒，思极寰宇，太玄自可任之矣。余为文也，不及自古贤达之作，然其道也一，故真性见矣。

此中文字，皆发于中而形于文。余以为山川草木，皆赋其灵，林泉之间，真性始见。余观古人书，往往得其雅趣：摩诘之纯粹如"明月松间照，清泉石上流"；渊明之

恬淡如“日入群动息，归鸟趋林鸣”；太白之超逸如“桃花流水窅然去，别有天地非人间”。故每逢暇日，常寻幽访隐，以为冶情。且四时朝暮，幽赏怡人，故佳兴自出。春和景明，荣茂芳草；夏木清樾，南风薰衣；商音清肃，蛩催鸟藏；玄冬庭寂，雪明窗几。孰谓夏木阴阴，遽不若妆成桃杏？岂言秋吹清骨，竟不及梅雪疏香？四时之景，其美也各异，怀抱清旷，自得三昧矣。

苏颂有句：“琴诗清绝事，静也两兼能”。余于琴诗之爱，谌切切矣。此二者同出异名，皆寓情于中，宣情于外。晨操夜吟，好趁幽独之趣；左琴右书，诚堪闲斋之侣。余尝读少伯琴诗，中有“朴素传幽真”之句，心甚爱之，故以“幽真”名之，取其抱朴、怀幽、归真、守真之意，以真性其不可蔽也。

今辑录所作，或感时而发，或闲情偶寄。遗之览者，聊以娱情云尔。

戊戌年冬月十五

目 录

诗部

思故衣 \ 003
春讯 \ 003
绝句 \ 003
绝句 \ 004
记花朝六首 \ 004
二月廿二游孔元村作 \ 005
西湖吊古 \ 006
吊史阁部 \ 007
记四月初四白岩山之游 \ 008
悼岳武穆 \ 008
遣兴三首 \ 009
为琴二赋 \ 010
记八月十七台山携琴寻幽 \ 010
琴意 \ 011
偶题 \ 013
正月初五访朱子故里尤溪作 \ 013
扶山寻春 \ 014

记二月二游鼓山 \ 014
夏日绝句 \ 014
病中偶题 \ 014
偶题 \ 015
书怀 \ 015
夕景 \ 016
次韵枕霞对菊 \ 016
寄李君为生日贺 \ 017
读坛经传法偈作 \ 017
记游 \ 017
读红楼梦为潇湘赋 \ 018
柳絮吟 \ 018
秋夕弹《石上流泉》曲 \ 019
秋节 \ 019
秋日 \ 019
感秋 \ 020
记梦 \ 020
秋情 \ 021
初七金山花溪观莲 \ 021
读太白集 \ 022
秋月 \ 022
再读文忠烈《正气歌》 \ 022
磊溪 \ 023
梅洋 \ 023

大目溪沙滩　\　023
凤山村　\　024
南澳沙滩　\　024
再赋暇日海滩秋游　\　025
遣兴　\　025
重阳前赋菊　\　025
宛在堂怀古　\　026
重阳　\　026
秋枫　\　027
咏梅　\　027
遣兴　\　027
秋　\　027
秋阴　\　028
戊戌秋重访梅师故居　\　028
闲趣　\　029
叹羹羹　\　029
雪　\　029
秋日赋诗　\　031
秋晴　\　031
观秋江白鹭　\　031
观鹭　\　032
茶社偶见“别院横琴听秋雨”之句，因以续之　\　032
立冬　\　033

暖冬 \ 033
寄怀 \ 033
闲游于谿渠偶见白鹭 \ 033
记戊戌年汉服出行日 \ 034
咏梅五首 \ 034
咏雪七首 \ 035
咏水 \ 036
冬趣 \ 036
桥 \ 037
西湖 \ 037
幽真琴 \ 038
行路难 \ 038
竹 \ 038
题枯荷 \ 039
孤梅 \ 040
咏雪绝句三首 \ 040
再参释法偈 \ 040
读子由《种兰》作 \ 041
琴诗二绝句 \ 041
贺母诞辰 \ 042
观江鹭 \ 042
哀屈原 \ 043
冬至 \ 044
赋得长至日满月 \ 045

四君子吟　\　045
吊屈原　\　046
抱节君　\　047

词部

鹧鸪天 · 叹鞶卿　\　051
采桑子 · 读李易安词作　\　051
一剪梅 · 忆潇湘　\　051
望海潮 · 仿柳耆卿词作　\　052
鹧鸪天　\　052
减字木兰花　\　052
渔家傲　\　053
满庭芳 · 送春　\　053
虞美人 · 仿蒋鹿潭《柳梢青》词作　\　053
虞美人 · 读李易安词作　\　054
醉花阴 · 记花朝　\　054
踏莎行　\　054
渔家傲　\　055
点绛唇 · 记丁酉岁端午汉服行　\　055
凤凰台上忆吹箫　\　056
风入松 · 记丁酉年八月初五琴谷雅集　\　056
青玉案　\　057
鹧鸪天　\　057

望江南 \ 057
行香子 · 花朝 \ 058
眼儿媚 · 春去 \ 058
蝶恋花 · 柳絮 \ 058
江城子 · 病中作 \ 059
江南春 \ 059
浪淘沙 \ 059
柳梢青 \ 060
柳梢青 \ 060
南乡子 \ 060
浪淘沙 · 记端午游后垅 \ 061
眼儿媚 \ 061
柳梢青 \ 061
八声甘州 · 秋分登高作 \ 062
人月圆 · 中秋夜 \ 062
眼儿媚 \ 062
汉宫春 \ 063
如梦令 \ 063
沁园春 · 读放翁词，感其平生之志，复伤其不遇，作此以寄怀 \ 064
行香子 · 磊溪 \ 064
柳梢青 · 磊溪 \ 064
行香子 · 磊溪 \ 065
忆旧游 · 秋 \ 065

惜红衣　\　065
洞仙歌　\　066
鹧鸪天 · 西湖柳　\　066
永遇乐 · 西湖　\　066
唐多令 · 读红楼为鞶卿作　\　067
千秋岁　\　067
雨霖铃 · 读鞶卿《秋窗风雨夕》作　\　067
荷叶杯 · 秋晴　\　068
雪梅香 · 读卢梅坡《雪梅》诗作　\　068
如梦令 · 读卢梅坡《雪梅》诗作　\　068
桂枝香　\　069
鹧鸪天 · 秋兴　\　069
水龙吟 · 蝴蝶　\　069
高阳台 · 秋阴　\　070
临江仙 · 白梅花　\　070
鹧鸪天 · 红梅花　\　070
浪淘沙 · 观江上鹭群，偶见北来征雁　\　071
鹊踏枝　\　071
菩萨蛮 · 立冬　\　071
鹧鸪天 · 观江鹭　\　072
念奴娇 · 凭楼观江　\　072
十六字令　\　072
捣练子　\　073
南歌子　\　073

渔歌子 \ 073
画堂春·暮秋 \ 073
南乡子 \ 074
忆旧游·为韀卿赋 \ 074
望海潮·西湖冬晴 \ 074

文部

横渠四句论 \ 077
白岩山记 \ 079
祭史阁部文 \ 080
读《苏武传》作 \ 081
棋说 \ 083
同窗临别，赠李君书，附浪淘沙词一首 \ 084
赠别同窗挚友刘君书 \ 085
再赠 \ 085
自赠 \ 086
读子由《舟中听琴》有感 \ 087
琴赋 \ 088
尤溪记 \ 089
鼓山记 \ 090
记戊戌秋晴 \ 092
读梦得题秋之诗有怀 \ 093

诗部

思故衣

别君三百载，昨夜梦君来。
多少相思恨，朝朝枕上裁。

丙申年腊月廿七

春讯

春风入画图，绿鬓点红珠。
帘外莺声软，妆台影不孤。

又

东君怜我意，吹梦到天涯。
溪畔春归早，应开岭上花。

丙申年腊月廿七

绝句

玉宇悬青镜，清光遍大千。
胸怀明月在，何处不悠然？

丙申年腊月廿八

绝句

东风描绘玉栏杆，未解冬裘望碧峦。
一点冷香犹不尽，半山新景递春寒。

丙申年腊月廿九

初五于林阳禅寺赏春，新梅竞放，时有暗香浮动，千树争妍。行至养心斋，偶遇同袍，不胜欣喜之情，作一绝以记之。

未褪清寒漠漠天，千枝春色倍堪怜。
平生莫道知音少，流水高山会管弦。

丁酉年正月初十

记花朝六首

丁酉春初，花朝既临，集同袍于乌山，同祭花神。以庆百花生日之良辰。三春清景，花朝尤盛，新桃疏柳，曲拂香风。歌《牡丹亭》之雅乐，复献花果，三拜而兴，祈祝佳愿。虽有晨时微雨，稍拂襟褛，未得和风煦日之畅然，亦不减其兴。细雨如帘，轻裾素伞，悠然入画。桃蕊含羞，凝露欲滴，结彩新枝，笑语如珠。

复入堂中，一席游戏，占花名为乐，乃得栀子之笺。余者或雅或艳，度曲传觞，尤得尽兴，作诗文以记之。

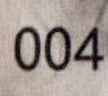

半山凉雾起溶溶，苍翠含烟没碧峰。
可爱新枝垂露色，风斜细雨匿春踪。

又

三春清景在花朝，十里桃夭一袖招。
彩结东君枝上蕊，襟裾拂柳舞随腰。

又

东君着蕊点新枝，雨落珊珊玉露垂。
花饮琼浆犹醉眼，柳沾薄露碧参差。

又

群芳流彩意争春，雨笼风清态自真。
何必燕支红粉色，涤尘素面更殊伦。

又

清风淡淡雨斜斜，浅碧深红最可夸。
一任天真颜色好，初开如玉自无瑕。

丁酉年二月十七

二月廿二游孔元村作

连天金浪卷千峰，雾裹云铺一万重。
诗笔难成天巧作，且将此意寄春踪。

丁酉年二月廿二

西湖吊古

记取他时换九州，故城遥望泪难收。
江山旧影西湖断，忠骨精魂史笔留。
白雪高风标万古，梅花气节照千秋。
冰心自可雕明月，百代清辉铸冕旒。

丁酉年二月卅

花朝尝于乌山结彩春枝，虽多花繁叶嫩之株，奈繁花枝头，绣带遍垂，芳丛举袂成阴，更无略缺之处。只得一疏蕊含苞之碧桃，细雨轻沾，二三新红，亦惹人怜，遂结彩绦。

前日复往赏吟春色，时经月半，见当日予所结芳树，繁花缀点，犹胜他处。拾阶而行，香风拂面，更有碧桃色如白玉，一树无瑕，旷怡陶然，作二绝以记之。

十里香风染碧空，无瑕肌骨玉朦胧。
可怜春色沾襟缕，半是深红半浅红。

又

薄雾轻云淡淡风，相思重到小园中。
梢头已作娉婷色，素面匀妆仰碧空。

丁酉年三月初二

清明前后，三日休暇，适天朗气清，风和日暖，春色尤佳，堪宜寻访东君，遂偕行而往。春芳醉人，春草沾衣。作二绝句以记之。

晓天澄碧带朝晖，妆点楼台上翠微。
十里芳菲堤畔柳，风裁花落尽沾衣。

丁酉年三月初九

又

花前欲醉东君意，风扰清波玉一壶。
寒食春衫初拂柳，长堤十里半烟芜。

丁酉年三月初十

吊史阁部

梦寻故国更如何？犹记长风裂甲戈。
崎路几回经坎坷，高山万仞仰巍峨。
他年魂去留忠骨，今日思来起颂歌。
锦绣文章归铁马，丹心千载照山河。

丁酉年三月十四

又

持戈还抗北兵侵，踏碎悲歌日月沉。
十日长留亡国恨，百年不忘故臣心。
雪飞难没梅花骨，魂断空余史册音。
杜宇伤春犹泣血，我今独吊泪沾襟。

丁酉年四月初二

又

颓垣凋敝烽烟乱，残阙悲歌不忍吟。
一曲广陵肠欲断，满城枯骨泪难禁。
独将毅魄擎风雨，长守忠魂傲古今。
千载唯君肝胆义，昭昭日月照天心。

丁酉年三月十八

记四月初四白岩山之游

初开混沌辟苍穹，应许蓬莱造化功。
鸟过千峰衔落日，松招万壑饮长风。
盘蛇曲径尤清冷，踞虎高崖竞嵸巃。
寻有灵山仙住处，神来妙笔指天宫。

丁酉年四月初九

又

苍松古木更千围，行有清寒料峭依。
觉道缘何襟袖冷？一山空翠湿人衣。

丁酉年四月初十

悼岳武穆

百尺长松立不移，精忠记取岳公祠。
天昭正气丹心在，史鉴冤魂旧梦辞。
吟罢尽倾忧国泪，书成难表故园思。
片言明月犹堪寄，还酹春江酒一卮。

丁酉年四月廿一

六月二日往金山花溪观莲，风荷并举，亭亭如盖；露滚琼珠，波生烟霭。心甚乐之。尽兴既归，援笔作诗文未得，今乃成之。

六月南风入碧潭，娇娥红粉也应惭。
琼珠摇落三分暑，玉盏擎来一味甘。
弱柳枝横浑似醉，长林蝉噪亦如酣。
蜻蜓款款湖心去，翡翠盘中落玉簪。

丁酉年六月十一

遣兴三首

暮云随我上西楼，眼底惟余寸寸愁。
把盏何须伤寂寞，乾坤纳我一孤鸥。

又

水帘不语熏风静，梁燕双栖小苑诗。
半盏春光人自醉，酡颜鬓拟柳丝垂。

又

莫问飘零何处驻，禅心独向静中参。
尘居有客邀千醉，竹牖无人共半酣。
闭户不缠凡世苦，开樽但品此间甘。
缥缃吟罢风庭静，楼外轻烟照暮岚。

丁酉年六月十一

为琴二赋

前日抚琴，丝桐中隐有太古音。闻其声也，悠然婉然。今日弦断，犹未得续，一朝不得弹，则相思若三生之隔，伤已！

丝桐存太古，天籁尚遗音。
明月清风意，虚怀素手琴。
一心无念扰，三弄有龙吟。
得此桃源律，怡然自足歆。

又

抱琴横素玉，垂袖欲为声。
覆手惊弦断，徘徊涕泪盈。
莫云情尚浅，一日竟三生。
岂为知音少，哀哀对夜鸣？

丁酉年闰六月十九

记八月十七台山携琴寻幽

八月秋风渐，携琴上翠微。
松声萦玉轸，树影落金徽。
远岫岚烟起，西山倦鸟归。
赠君云水意，一曲暂忘机。

丁酉年八月廿二

九月十六访何公故居，历九曲巷陌，始见门扉。深锁清秋，寂寂无声，驻立久之，数发叹惜。复思此间绝尘，不流世俗，亦可想见先生清傲风骨。虽不能亲访其迹，然得临于此，追思遗风，犹感幸甚。书成一律，以表敬慕之思。

仰止高山迹，遗风一径寻。
栖鸦啼叶落，巷陌锁秋深。
一纸抒天地，七弦通古今。
梅花风骨在，三叹有余音。

丁酉年九月廿

琴意

曲径入松阴，有客居深林。
拂石落花去，襟袖暗香沉。
悠然拟古调，慢弹自无心。
碌碌人寰久，渔樵复何愁？
翠汀鸣野雁，白渚栖沙鸥。
云拂山首去，水载落花流。
泠泠涤世尘，杳杳传幽真。
七弦罗万象，三尺载乾坤。
情随天地远，虚怀意若闲。
清风款竹醉，明月抱山眠。
赠我良宵趣，今夕非人间。

丁酉年十月初五

今惜良宵，适有闲暇，抚琴既罢，于书斋捧卷，偶或信步闲闲。忽闻铮然一响，起而视之，竟为弦断，惜哉痛哉！余之所居，唯琴知音，泠泠古调，能解余心。今宵如此，思之何伤！起坐徘徊，黯然魂销。执笔无绪，奈何奈何！

琴为忘机友，解我万般愁。
小坐轩窗下，太玄心外游。
忽乎闻裂帛，起视叹休休。
今夕伤怀处，空余心上秋。

丁酉年十月初九

丁酉冬至，晴日风和，似有春归之意。遂作此篇，与东君期：待数九寒消，相遣佳期。

数九消寒景，西窗晴日来。
方回南浦绿，已著北枝梅。
欲问青阳讯，忽闻冰鉴开。
且看春到处，相遣上池台。

丁酉年冬月初五

腊月初五，适得半日偷闲，为访梅川图，信步江滨。忽见雪梅新绽，点缀零星，尤是可爱。四九未竟，寒冬未半，喜得花信先至，一点生机，十分风致。聊为二绝，以酬东君。

笔墨消寒图未半，拈毫犹怪信迟迟。
东君寄予殷勤意，早著南斋第一枝。

又

最是东君能解意，早将花信入南乡。
三分春色堪盈手，知是梅香是雪香？

丁酉年腊月初七

偶题

秋江远送愁心去，又向孤灯话寂寥。
半枕寒霜侵晓梦，一窗夜雨湿芭蕉。

丁酉年腊月初九

正月初五访朱子故里尤溪作

春水才生千顷碧，驱车远道谒先贤。
方塘半亩来云影，江汉中流任客船。
持敬穷心通物理，反躬践实识泉渊。
文章千古先生教，一语高标气浩然。

戊戌年正月初五

扶山寻春

春深晴日长，岭上访青阳。
闲趣生幽谷，翘摇沾衣裳。
泉流竹枝碧，花浸晚风香。
怜我东君意，归时尚引望。

戊戌年正月廿三

记二月二游鼓山

闽岳多奇石，上凌云海间。
一川清鉴水，十里画屏山。
仰手摩云顶，驰怀绝世寰。
飘飘临玉宇，舞袖咏而还。

戊戌年二月廿六

夏日绝句

诗家清景四时新，风物宜人岂独春？
莫怨东君归去早，午荫澹澹净无尘。

戊戌年四月初四

病中偶题

枕上诗书医病苦，闲将词笔慰余愁。
沉思偏爱寻新句，拍遍栏杆更倚楼。

戊戌年四月廿七

偶题

一枕清音宜午梦，半窗云影入诗怀。
飞来双燕衔幽韵，就咏新词意自佳。

戊戌年五月初三

书怀

日融清兴永，风洽好怀开。
花气袭兰袖，燕泥沾绿苔。
闲情归彩笔，雅志寄琴台。
指却弦声杳，迢迢一梦回。

戊戌年五月初三

昨夜思香菱解摩诘诗："大漠孤烟直，长河落日圆"，又"渡头余落日，墟里上孤烟"、"暧暧远人村，依依墟里烟"二句，吟捻推敲，颇得其趣，于梦中得句"一树寒烟带晚鸦"，觉时犹记，遂作此。

归棹渔歌载落霞，云深依约有人家。
半山夕照开天霭，一树寒烟带晚鸦。
细水浮沙声远近，疏枝挂月影横斜。
开樽吟罢还堪醉，但枕松窗忘岁华。

戊戌年五月初四

夕景

渡头山色清于洗，暮霭才收雨一蓑。
垂露花枝妆浅试，无风潭面镜新磨。
斜飞玉剪双双翠，乱点真珠个个皤。
人在潇湘图画里，踏歌归去卧烟波。

戊戌年五月初五

次韵枕霞对菊

睡起开轩满院金，寒烟脉脉露痕深。
轻衫拂石悠然对，诗笔掺香自在吟。
庭畔廊前宜共酒，案头枕上可知音。
傲霜长作东篱隐，醉影横斜照月阴。

戊戌年五月初七

前日抚琴，雨声淅淅，敲窗幽韵，助余弦歌清兴，渐觉雅趣愈浓。时未成新句，今日思之，故作此。

黄昏独坐小轩旁，拟把幽情书一行。
燕语殷殷人语悄，琴声细细雨声长。
朱弦才罢阳关曲，墨笔又添心字香。
谁谓浮生闲事少？此乡一梦亦仙乡。

戊戌年五月初十

寄李君为生日贺

与君今日共文闱，倚坐沈吟对翠微。
词笔须邀知己赏，明朝紫陌踏花归。

戊戌年五月十九

读坛经传法偈作

本来无我处，无种亦无生。
今以我观之，才生生不生。

戊戌年六月初七

记游

闲坐欹泉石，悠然忘所从。
游鱼衔细草，飞鸟入长松。
花动清波散，风移翠樾重。
空山归太古，遥响一声钟。

又

清风逐纨扇，山色入吟眸。
赢得廊轩下，轻衫一袖秋。

戊戌年六月十八

读红楼梦为潇湘赋

归坐南窗下，忧思那可论。
湘帘垂旧梦，鲛帕渍新痕。
瘦影临春水，飞花掩暮门。
愁来天不管，无语立黄昏。

戊戌年七月初四

柳絮吟

残春片片逐游丝，飘荡东西不自持。
悠悠才过秋千索，又扑芳草没翠帷。
真珠帘内春睡迟，真珠帘外作雪飞。
既随落花浮水去，终化漂萍失归路。
明朝开轩看无迹，知有春魂曾经处？
尔身本自无根蒂，从来东君未肯顾。
梁间燕子早飞回，争向春荫衔春泥。
蜂蝶纷纷莺儿语，香尘陌上逐风舞。
谁家女儿罢晓妆，笑立花前拈红香。
诗客感时伤春暮，欲闭小园留君住。
傍花持酒将相顾，明年今日知何处？
何妨暂醉洛城东，紫陌红尘系青骢。
无言飞去散帘栊，一去天涯太匆匆！
薄暮倚楼独把盏，聊执诗笔看濛濛。
孤影寂寞立黄昏，满院潇潇湿苔痕。

戊戌年七月初六

秋夕弹《石上流泉》曲

霪雨未尝歇，沉沉秋气阴。
闲吟时信步，独坐自援琴。
细细松风韵，泠泠漱玉音。
清溪喧乱石，空响入幽林。
指下千山寂，声中万籁愔。
竹轩开碧涧，蓬户对遥岑。
听此七弦上，泉流知寸心。

戊戌年七月十八

秋节

秋至遍山明，秋生万籁清。
长堤随野客，小阁看新晴。
风趁平沙浅，江飞白羽轻。
他人安识此，菊盏与君倾。

戊戌年八月初一

秋日

吟醉高台上，风华好独看。
淡烟浮远岫，薄雾隔秋峦。
云白江天阔，风清汀渚寒。
幽情谁似我，闲日倚栏杆。

戊戌年八月初二

感秋

浓云埋岭鹭斜飞，乱白江天雪浪移。

满院狂风摧木叶，一庭密雨打霜枝。

裁笺漫拟断肠句，执笔聊为落魄词。

岁岁秋光应未改，物华相逼有谁知？

戊戌年八月初三

记梦

昨夕夜寝，梦至一林，时夜寂无人，欲投野宿，适值一林叟，遂与之往。缓步林中，忽不知所之。万籁都寂，但闻淙鸣之响。已而零星灯上，交缀林间，始知野有人家。循而访之，不觉天明。顾林中，景象大异前夕——红树千围，下有石磊磊依山层迭而上，状如鹅卵，其大如磐，红叶乱布其上。中有泉声汩出，叶落栖石，少留辄溯之而下。时天光筛漏，入林成金，未闻鸟语，更无人声。于是逢一翁，视之，乃前夕要宿者，及欲归，遂与之别。既觉，大奇之，嗟感旧游，作此以留记之。

秋寂夜愔愔，樾暗夕沉沉。

清湍击磬石，空响入幽林。

林深寻野径，凉露薄襟侵。

万籁俱无声，但闻鸣琮琤。

须臾见微明，远树出烟灯。

循之竟无迹，信步自行行。

明朝审来路，昔景却不遇。
横柯摇碎金，谿壑落琼珠。
槎枒枝盘虬，远近更奇幽。
秋林多红叶，纷纷趋涧流。
天光辉涧石，不闻起啁啾。
日晚应归去，劳歌嗟旧游。
偷得一梦闲，岂必感浮休？

戊戌年八月初五

秋情

八月西风到小楼，又逢光景近中秋。
年年次第长相似，倩语姮娥且淹留。

又

聊斟菊盏却清愁，又是西风上小楼。
撩乱秋心听已远，船撑一浪过江头。

戊戌年八月初六

初七金山花溪观莲

商音迁木叶，秋景近如何？
草色生灵沼，荷风送渌波。
水田飞白鹭，野客踏青莎。
日暮人归远，犹搴一棹歌。

戊戌年八月初七

读太白集

诸岳百川行已遍，寻仙直上白云阿。
无俦自得诗为友，有酒何妨笔作戈。
豪饮拂衣招日月，狂歌舞袖揽山河。
銮坡著锦犹酣卧，千里飞湍出业峨。

戊戌年八月初九

秋月

水晶帘外已三更，桂魄飞来满院清。
才动波吞千里素，渐开云吐一天明。
横柯掠影惊栖鸟，江水流光送客情。
倩尔寄归游子梦，遥听玉笛两三声。

戊戌年八月初九

再读文忠烈《正气歌》

心常怀哀苦，郁悒不能言。
长跪读壮词，慷慨发浩叹。
故国三千里，须臾作尘烟。
有志击狂胡，无力回汉天。
誓持苏武节，被甲岂顾身？
河山终带砺，沧海竟成尘。
伶仃悲故国，血泪泣长诗。
此身为君报，纵死安足辞！

忠魂昭日月，正气化风霆。
千载仰义节，丹心照汗青。

戊戌年八月十二

磊溪

曲径抱回峰，徐行涧谷空。
鸣禽添野兴，泉石助幽衷。
潭影迁秋色，蝉声送远风。
依依情不尽，只在此山中。

戊戌年八月廿二

梅洋

归来西岭暮，夕照入山英。
秋草怜君意，晚芳送客行。
灵禽添野兴，泉石助幽情。
别有烟霞外，人间一玉京。

戊戌年八月廿二

大目溪沙滩

堪怜晴日草芊芊，白渚青洲搴棹船。
江畔行吟风过耳，云边倚看水连天。
秋汀鹭踏平沙软，晚渡人临落日圆。
极目夕山归自远，长松一片带寒烟。

戊戌年八月廿三

凤山村

天高云远涧溪明，行到西山野趣生。
八月风光长有意，三秋节物最多情。
泉喧暮色约人驻，日静秋风送客行。
兴尽归来天向晚，时闻山鹊两三声。

戊戌年八月廿四

南澳沙滩

连天拍岸三千里，动地搴云一万重。
雪沫茫茫倾大海，云波浩浩卷长松。
白鸥软踏平沙细，碧浪层排晚照浓。
直上凌虚九垓外，乾坤尽览立云峰。

戊戌年八月廿五

轻云有“迟柳钓清秋”之句，余对之以“暮云衔晚照”。今会逢诗兴，因以成阕。

烟清汀渚白，沙外点轻鸥。
风趁行人履，天亲野客舟。
暮云衔晚照，迟柳钓清秋。
相引渔歌去，徘徊此独幽。

戊戌年八月廿八

再赋暇日海滩秋游

雪浪奔迎鲸海开，长歌舞袖兴悠哉。
一行鸥鸟登云去，千里风涛动地来。
撼岳摇波漫浩浩，连天接岸白皑皑。
披襟怀畅心归远，直欲凭虚上九垓。

戊戌年八月廿八

遣兴

长伴琴书消永日，床头周尺案头诗。
闲翻一阕微吟罢，还理七弦轻弄迟。
偶趁幽情拈旧谱，时将清兴赋新词。
推敲拟学古人句，不觉南斋月入帷。

戊戌年九月初四

重阳前赋菊

骨格天分付，槎枒更卧虬。
晓轩疏影隔，晨帐暗香浮。
不是东君客，定须陶令俦。
衣沾三径露，先占一枝秋。

又

行到东篱外，霜枝影纵横。
风流天付与，体态自生成。
饮露凌寒骨，离尘傲世情。
何须春顾惜，不肯为逢迎。

又

秋色抱回廊，催人秋兴长。
杯斟三径露，衣带九秋霜。
但爱陶翁酒，也知彭泽狂。
东篱谁是主？惟此一枝香。

戊戌年九月初八

宛在堂怀古

西湖西畔西风起，细雨沾衣带落花。
宛在堂边双燕过，古人不见枉嗟呀。

又

昔日骚人聚墨夸，堂边泉石写生涯。
凭栏对卷风声静，倚树沉吟月影斜。
诗笔推敲题绿蜡，文章雕琢炼丹霞。
今朝欲志苦吟句，往事独凭空叹嗟。

戊戌年九月初八

重阳

凭倚高台对菊黄，聊将杯盏慰重阳。
疏枝风动花分露，小苑秋明叶积霜。
写就烟光新句艳，斟来野色陈醪香。
不知幽兴何由足，清赏元应转曲廊。

戊戌年九月初九

秋枫

昨宵天女洗胭脂，倾向千山霜木枝。
暮雨欲偷红瑙钏，西风时探茜纱帷。
肯将一色分萧肃，不与群芳斗艳奇。
落去何须君顾惜？但凭秋水寄相思。

戊戌年九月初十

咏梅

野驿荒村外，偏居思苦寒。
但同骚客得，不教俗流观。

戊戌年九月初十

遣兴

独倚危栏秋漠漠，回廊静掩自徘徊。
霜天雁过衔云去，雪岭梅孤待月来。
诗笔寻常因兴落，幽怀依旧为秋开。
踏歌吟访东篱友，相对黄花共酒杯。

戊戌年九月初十

秋

北雁鸣秋色，西风抱暮蝉。
寒砧催落木，冷月载归船。

戊戌年九月十一

秋阴

不散秋阴绕远冈，水天遥望尽茫茫。
倦飞白鸟眠汀渚，初发黄花醮露霜。
一带寒山分晚景，两行新句占秋光。
闲将梦得诗吟旧，殊致元来在白藏。

戊戌年九月十一

戊戌秋重访梅师故居

去岁西风时，曾此访梅师。
柴门深闭锁，秋阶立迟迟。
巷陌岑寂寥，但闻鸟空啼。
徘徊复凝伫，延留始辞归。
归来但开卷，更读何公词。
念念思旧途，今日乃得趋。
经年重临此，始幸仰先儒。
书堂秋风静，虚窗素琴疏。
浩浩远松声，泠泠弦上听。
迭石幽泉下，玉溜漱石清。
再参前贤句，慷慨有馀情。
前因皆有定，岂必苦自轻？
但将勤学志，克承往圣经。
遥思晨光微，深坐对琴台。
觉庐诗吟倦，调琴抚二梅。

风骨傲长似，须教雪中开。

思竟再三叹，仰止慕遗辉。

戊戌年九月十三

闲趣

开户纳新晴，临窗山水明。

琴留三日韵，诗写一般情。

蕉叶文犹绿，梅花音更清。

闲将烹雪趣，对酒复敲枰。

戊戌年九月十四

叹鬖鬖

离居悲客梦，身远念姑苏。

谁解秋心苦？空怜瘦影孤。

虚窗时滴沥，疏竹渐衰枯。

寂寞黄昏后，潇湘啼鹧鸪。

戊戌年九月十四

雪

因羡谢娘吟絮才，与梅争向雪中开。

何妨暂寄人间地，别有根芽云外栽。

又

千山漫扫白皑皑，常抱梅枝冻蕊开。

不解缘何催早发，始知元为借香来。

又

无香嫩蕊意天真，偏与寒梅竞早春。
催发一枝香淡薄，将来衣上巧分匀。

戊戌年九月十六

阳明先生有《尊经阁记》，言“侮经”“贼经”者。今有“贼经”之辈，辱前贤之书，误往圣之言，其知过而不改耶？其不知所过者耶？使其言贻于后世，日月更将何存焉！前贤有云：“天不生仲尼，万古如长夜。”无诸子圣贤，亦无今日之世矣。如琴南先生所言“覆孔孟，铲伦常”“叛亲蔑伦”“人头畜鸣”之言，信也。

为诗三首，因以讽之。

我本乾坤一腐儒，随流肯逐世情殊？
闭门不管尘嚣事，开卷犹循往圣途。

又

焚经弃卷詈先儒，堪笑世人追曲途。
一字学庸应不识，总将糟粕认明珠。

又

孔孟遗辉今古旷，始知天地圣明初。
大言诳语贼经辈，不识论庸一字书。

戊戌年九月十七

秋日赋诗

碧峰历历水漪漪，秋到江南叶别枝。
鹭点烟汀洲渚白，雁横云岭大观奇。
搜肠每为寻佳句，执笔常思赋丽词。
怅抱西风吟古调，谱将清韵入琴丝。

戊戌年九月廿二

秋晴

脉脉晓寒侵，轻霜沾薄襟。
篆香销宝鼎，秋气入清琴。
诗笔窗边动，风弦徽外吟。
幽情岂独赏，把盏对知音。

戊戌年九月廿三

观秋江白鹭

秋浦烟波澹，江心白鸟眠。
浓云埋迭岭，细雨落平川。
惊起开修翮，归飞绕远巅。
黄昏人去后，野渡系空船。

又

日日绕江头，去来常自由。
声传半篙雨，影逐一江秋。
衔草更含露，眠云复枕流。
飞飞起薄暮，人在小蘋洲。

又

白羽起汀洲，寒沙带浅流。
西风生露浦，暮色入岚丘。
野渡无人岸，疏烟何处舟？
悠悠天际远，雨落一江秋。

戊戌年九月廿六

观鹭

江楼人独立，沙渚鹭双眠。
岚霭时浓淡，烟波自邈绵。
西风轻短棹，秋水入长天。
日日与君约，凭栏小阁前。

戊戌年九月廿八

茶社偶见“别院横琴听秋雨”之句，因以续之

别院横琴听秋雨，小楼拈笔立斜阳。
琴声脉脉怜孤影，诗笔迟迟蘸晚霜。
抚罢新操心愈远，吟成佳句口犹香。
琴书自可长为友，岂必蓬莱问帝乡。

戊戌年九月廿八

立冬

西风已尽北风回，霜菊抱香枝上摧。
晴野霁天飞白鹭，早梅已占众芳魁。

戊戌年九月卅

暖冬

三两梅开早，疏枝香未匀。
霁天飞白鸟，晴日照青蘋。
蛱蝶与君友，鹭鸶为我邻。
启轩呼燕子，旋煮一瓯春。

戊戌年十月初一

寄怀

岁岁今朝长有约，倩君识取汉衣冠。
他时载酒重游日，应比寻常一样看。

戊戌年十月初九

闲游于豁渠偶见白鹭

凡情偶然疏，信步入村墟。
白鸟时时见，飞飞起绿渠。

戊戌年十月初十

记戊戌年汉服出行日

昔日衣冠今再逢，连襟接袖履相从。
他时携手重游日，四境应同著此容。

又

年年此日同胜事，襟带纷纷坊巷中。
愿得一心长不改，袖边漫有舞雩风。

戊戌年十月十一

咏梅五首

数树凌寒发，孤标傲雪霜。
冰姿林下隐，妙韵雪中藏。
细蕊分疏影，纤枝浮暗香。
偏居人境杳，不慕碧桃妆。

又

不同桃李发，不共众芳妍。
西岭荒郊路，北风寒雪天。
疏枝垂玉带，孤影卧琼田。
尺素应凭寄，春风入彩笺。

又

月明千里素，妆点自玲珑。
疏影出西岭，寒香抱北风。
横斜亭驿外，依约暮云中。
和靖孤山友，不邀桃李同。

又

琼蕊开千树，红妆点素绒。
含香披夜月，噙雪试春风。
横笛一声里，素琴三弄中。
昨宵催万朵，延颈慕林公。

又

霰雪纷纷下，琼田万顷开。
暗香浮笔砚，疏影落琴台。
骨格同三径，根芽移九垓。
何当烹雪趣，新火试新醅。

戊戌年十月十二

咏雪七首

根芽移得倚云栽，不待寒风不肯开。
常怕人间花落去，纷纷暮序下瑶台。

又

待得众芳零落后，漫抛琼蕊逐香尘。
北风也拟东风巧，一片旋裁万里春。

又

不列群芳自在身，谁教琼蕊继香尘？
梨花一夜开千树，清比梅花更绝伦。

又

来去纷纷长自由，花开不列众芳俦。
骚人有意相评说，色与梨花一样幽。

又

飒飒北风裁六出，树头攒作数枝梅。
竹炉借得瑶池液，好趁幽情开旧醅。

又

未见群芳次第妍，忽闻春讯到帘边。
恍疑霁日推窗去，万里银装玉霰天。

又

腊梅昨夜信初发，一夕北风飘碎琼。
零落入泥旋不见，可怜万里别瑶京。

戊戌年十月十三

咏水

不劳斤斧琢，随物自分明。
俯首无矜色，虚怀有道情。
滴涓罗万象，湛澈聚群生。
不择居甘苦，涤瑕还自清。

戊戌年十月廿一

冬趣

朔飙横野岸，白露下江皋。
墨色凝青砚，霜风滞紫毫。
寒烟生宝鼎，冷句出山醪。
欲识三冬趣，清琴为我操。

又

浦冷寒波滞，霜风入素袍。
临窗青嶂远，矫首碧云高。
蛱蝶飞平野，鹭鸶眠远皋。
何妨烹雪罢，呵手试新操。

戊戌年十月廿三

桥

看尽兴亡多少事，行经来去古今人。
不知几度擎风雨，依旧无言著此身。

又

卧波独向斜阳里，数尽千帆送客舟。
不语朝朝还暮暮，随他风雨任江流。

戊戌年十月廿七

西湖

脉脉晴云澹澹漪，鉴湖如璧柳如丝。
十分风色天分付，半是湖光半是诗。

戊戌年十月廿七

幽真琴

临窗拈旧谱，流响出行云。
泉石岂无意，猗兰自有芬。
幽情三尺诉，清韵九垓闻。
更与何人语？知音惟此君。

戊戌年十月廿八

行路难

江河滞不流，坐悲长苦辛。
北风狂兮摧木叶，青冥杳兮日月昏。
余思古人不可见，广陵绝兮兰亭没。
心愀惨兮不能言，举金樽兮欲断魂。
极目窅兮发浩叹，踟蹰悲歌行路难！

戊戌年冬月初一

竹

虚怀生空谷，无实亦无华。
不是人间客，立根在孤崖。

又

劲节非铅粉，青玉自天成。
松梅长为友，不肯共群英。

又

天地浩然气，凛凛雪霜中。
虚怀君子节，仰止有高风。

戊戌年冬月初一

有客言竹情伪非君子，然文人多爱之。余以为不然，以古之爱竹之士，皆君子也。板桥诗云“千磨万击还坚劲，任尔东西南北风”；东坡诗有“宁可食无肉，不可居无竹”，“无竹令人俗”之句；复有梦得《庭竹》诗言其“依依似君子，无地不相宜”。故作此以答之。

中空为虚怀，随分生庭阶。
劲节凌霜雪，不与众芳偕。
根细便密石，腰柔谦薄才。
此君堪为友，非是藉名来。

戊戌年冬月初一

题枯荷

池上田田今已老，廊前一一立寒沼。
小庭霜下更伶俜，曲院风来难窈窕。
淅淅虚窗何寂寥，纷纷霰雪长缭绕。
夜吟留得听秋声，独立凭栏心悄悄。

戊戌年冬月初二

孤梅

一树琳琅玉作衣，暗香依约入柴扉。
霜庭寂寞无人见，惟有斜风杂雪飞。

戊戌年冬月初二

咏雪绝句三首

才是北风装点些，东风一夜赋梨花。
骚人借问春何早？不语匆匆赴万家。

又

昨日枝头春信发，纷纷琼蕊自天涯。
东风借得癯仙笔，争共骚人赋柳花。

又

此身洁白最无瑕，吹落寒梢下钓槎。
岂是飘零成腐土，明春应作早梨花。

戊戌年冬月初二

再参释法偈

花种非兹土，但以我心生。
若得无我处，何由入迷情？

戊戌年冬月初四

读子由《种兰》作

幽兰生空谷，舒卷有其芬。
移得东轩种，堪吟屈子文。

戊戌年冬月初六

琴诗二绝句

一卷微吟消永日，七弦轻弄可知音。
琴诗相得平生友，不觉月斜花影深。

又

琴心未有片时歇，诗笔何尝一日闲。
三弄丝弦泉石趣，闲吟新句对青山。

戊戌年冬月初六

读阆仙诗，若觉其句似悲非悲，似痛非痛，如有不能言之苦辛。其真有一种自惜自叹，无可奈何之感。言其"苦吟"，信也。

搜肠每为寻新句，二句三年方始成。
偶得一吟双泪下，个中酸苦有谁明？

戊戌年冬月初七

贺母诞辰

黄钟初应律，淑气入琼筵。
萱草北堂茂，梅花南国妍。
景云先兆瑞，灵鹊更喧阗。
岁岁长如此，承欢慈母前。

戊戌年冬月初七

观江鹭

独立兮小楼，极目兮南浦。
落木兮萧萧，荒汀兮野渚。
疏沥兮檐下，不语兮东流。
眄遥岑兮俯沄沄，叆叇横江兮楫阻。
白鸟下兮寒波起，乌鹊绕树兮鸣周。
木枝堕兮错横，冻云凝兮交愁。
朔飙忽兮横野，撼离披兮而陨。
表独立兮江楼，心楸惨兮俯首以不言。
振鹭于飞兮，风回雪舞。
六翮翩翾兮，翱翥寰宇。
翛其皎皎兮，戾止东皋。
慕其逸游兮，余独翕翼而不及。
延伫兮遐瞩，空冥冥兮日沉。
眇无极兮心悄悄，悲击筑兮发长吟！

戊戌年冬月初九

哀屈原

呜呼！故郢之迢渺兮，遐瞩而不可见。
遥思孔切兮，汩徂而不及。
涕长下而沾轼兮，慨然而悲嗟。
恨世俗之汲汲兮，举世莫吾知也。
何冰心之皎皎兮，蒙群小之诟诼。
路幽昧其无已兮，固时迪之无荦。
岂清浊之相杂兮，何高下之可较？
居黯黮之溷潭兮，宁汶汶而合漏乎？
修姱德以守正兮，觊灵修之克察。
滋兰而树蕙兮，岂蝇虻之能与。
彼皎质兮姱嫭，惟熠烂兮千里。
其如明珠之玓瓅兮，障于滃渊之稃滓。
荆苴之比错兮，雉凫舞于中堂。
替蕙纕而斁茝兮，恨昭质之难章。
怀璧于中兮，亦更复何将！
怨灵修之不察兮，使明珠之沉沙。
謇流离而无归兮，被冤屈而回车。
行荒丘而反顾兮，卒径去而不留。
赴潇湘之沄沄兮，既怀石以已休。
葬鱼腹其亦已兮，岂逐流而随下。
守初兮不渝，抱沧浪兮长终。
狐死而首丘兮，延此志而不惩。

谌魂魄之贞毅兮，使汨罗之长清。
将远游以申哀兮，翘首眄之无极。
涉沅澧而吊古兮，何荪兰之絚横。
睇桂树之荣茂兮，若瑶柯之亭亭。
比高情之偃蹇兮，当脩态之要眇。
弭节戾兮北渚，水潺湲兮徐渡。
问夫君兮何来，告余来兮故楚。
历高冈兮峨峨，眇南浦兮愁目。
哀先生兮不遇，恨时俗之无度。
乱曰：春秋之忽促兮，日月替之不逮。
惟草木之莽莽兮，独劳心之怆慨。
抚凌云而自抑兮，何穷途之险隘。
发长喟而抆涕兮，恨崒屼之难陟。
枭鸱猖狂兮，鸾皇铩翼。
臧否杂糅兮，离愍而怫悒。
周此徘徊兮，承夐迥之永哀!

戊戌年冬月十三

冬至

一阳才动日初长，红袖纷纷点绛妆。
暖坞开筵人共饮，珍馐佐酒客争尝。
忽闻几处飞吟盏，恍见兰亭叙咏觞。
兴尽归来天向晚，暮山迢递月相将。

又

碧玉搔头金雀簇，璠玙璎珞缀衣裳。
众芳已备明春发，一树偏临暮序香。
律应黄钟当妙舞，花拈红蕊趁新妆。
劝君且尽佳时兴，酩酊何妨潘陆章。

戊戌年冬月十六

赋得长至日满月

琼筵归去黄昏后，忽指青冥金鉴开。
千里便明呈素影，一轮初转占高台。
山山迢递相将去，树树峥嵘取次回。
此夜广寒丹桂发，流香盈袖入吟杯。

戊戌年冬月十八

四君子吟

梅

雪飞绕砌更铺床，一树凌寒立北堂。
想得孤山林处士，应同好月傍寒香。

兰

寂寞空山鸟不闻，忽寻幽谷入清芬。
何须蜂蝶作香阵，殊绝人间有此君。

竹

劲节虚怀长不移，霜庭幽谷总相宜。
松梅相得自为友，肯为岁寒暂屈枝？

菊

诚堪陶令东篱友，每入屈平歌楚章。
饮露披霜殊俗色，骚人逸兴趁诗狂。

戊戌年冬月十九

吊屈原

眇曾霄之无极兮，何余心之慆慆。
仍悲风之超忽兮，蒿蓬征其无定。
援素琴而微吟兮，循古调而独操。
何兰佩之昭质兮，居淖沼而犹清。
世溷浊而不出兮，处幽昧以无明。
羌蕙兰之芳菲兮，别荆苴之纷错。
居以群而不党兮，各昭昭其扬芬。
乍回风之暂起兮，摧杜蘅而折荪。
其如蒙谇而被诟兮，使群谣以惑君。
君不察其冤屈兮，反障目而塞闻。
终流逐之江潭兮，中纡轸而不惩。
穷终途而未替兮，顾前图而克承。
众纷纷而谗进兮，岂下迪而苟生？
宁怀沙而溘死兮，忍逐波而随下？
凤轩翥以翱翔兮，目德辉而始住。
恨时俗之颠倒兮，易黑白而无度。
令贞臣之见弃兮，使明珠之寘野。
哀明星之障帷兮，居黯黮之终夜。

謇叹喟而释卷兮，慕先生之脩姱。
知瑶琨之异彩兮，岂浊世之可容?
悲击筑而长歌兮，思远游而陟遐。
临高楼而拉涕兮，表独立而长嗟!

戊戌年冬月廿

抱节君

惟此君之脩态兮，謇虚怀而恬居。
纵回风之欺撼兮，固偃蹇而不拔。
常拂柯以摅抱兮，谦素而磬折。
无繁饰以喧宠兮，孔幽独以自清。
夫饮露而吟风兮，亭亭植于中堂。
羌高情之异俗兮，质猗猗而怀臧。
便幽兰之芳菲兮，布清芬而弥章。
与松梅之同序兮，抱北风而未屈。
既内修而容宜兮，文质比于琅玕。
萧肃而清举兮，昔以号曰七贤。
夫惟殊俗之贞志兮，生其好乎抱节。
长寒梢之千仞兮，巧倕斫其秀骨。
振霜毫而万尺兮，慕君子之高风。
方万象之冥寂兮，眄幽翠于明轩。
伏蛰气而苍苍兮，摅灵根之池榭。
消庭轩之溽暑兮，忽凉风而生夏。
赞曰：固闲斋之克友兮，亦清赏之足与。

令世情其交疏兮，使性灵其相洽。

抒轸虑而由真兮，忘尘劳之纷纷。

羌守节而无矜兮，谌潇湘之楚魂。

戊戌年冬月廿

词部

鹧鸪天·叹颦卿

烟寒露冷雪霜清，小楼珠翠北风凝。连绵衰草凭栏望，点点清愁对画屏。

歌渺渺，月盈盈，几番宛转落丹青。红笺香断鲛绡泪，别却潇湘不识卿。

乙未年十月廿四

采桑子·读李易安词作

西楼月照帘钩小，花影幽幽，云影悠悠，那处徘徊思去留？

清音帘外犹私语，几许清愁，几度春秋，谁解相思难载舟？

丙申年正月十六

一剪梅·忆潇湘

长忆扬州未解忧。月上西楼，云照帘钩。岂知他日更相思？叶落清秋，渐少啁啾。

不见君来日渐休。花也忧愁，鸟也忧愁。妆台独坐意绸缪，碧水悠悠，泪自长流。

丙申年正月十七

望海潮·仿柳耆卿词作

江南千里，青帘朱户，风流十万皇都。清景可夸，繁华最盛，烟波画桨难摹。楼宇望山湖。酒旗杏花路，君与来沽。风启湘帘，月迷花影，欲成图。

踟蹰。欲取罗襦。自晨妆晓镜，绿鬓红珠。墙外碧桃，池边细柳，长堤远见烟芜。明月照清壶。彩袖垂纨扇，言笑相呼。昨夜相思枕畔，归梦入姑苏。

丙申年正月廿三

鹧鸪天

晶帘挂月楚天高，流莺时有一声遥。空山寂寂无人问，流水含烟渡石桥。

竹弹调，鸟吹箫，风轻云度九重宵。知谁似我平生忘，不问春秋暮与朝。

丙申年二月初八

减字木兰花

舟横野渡，时有黄鹂鸣涧树。草径偏幽，坐爱西窗拂鬓羞。

探花紫陌，桃李东君犹旧客。诗笔风流，一曲歌消昨日愁。

丙申年二月初九

渔家傲

经雨杏花春讯早，东风传语斜芳草。燕子来时花正好。君爱道，西楼却把鸣琴抱。

蹴罢秋千眠绣袄，诗轩自在何须扫。满地落英倾玛瑙。君莫恼，枝头新蕊娉婷俏。

丙申年二月十一

满庭芳·送春

渐远莺啼，慢回燕语，卷帘樽酒言欢。自临寒露，闲步意阑珊。未觉春光几许，却怕见、香没雕栏。明朝起，梨花满院，细雨乱晴川。

清寒。芳草路，蜂回蝶倦，紫陌盘桓。任君怨东风、不解凭栏。寂寞清阴好景，花落处、更有谁看？君归去，莫言离苦，眉黛黯春山。

丙申年五月十一

虞美人·仿蒋鹿潭《柳梢青》词作

春愁恰似春云起，芳草闲门里。花开花落易黄昏，何奈相思难却梦无痕。

栏杆倚遍东风渐，犹未温凉簟。海棠枝上没残香，谁见盈盈点点乱红香。

丁酉年正月初十

虞美人·读李易安词作

春光半盏留人醉，舒柳东君意。长堤千树一扶风，便引莺儿燕子乱晴空。

新桃绿柳枝头俏，豆蔻轻年少。深红浅碧任芳魂，莫负疏帘淡月好黄昏。

丁酉年正月十一

醉花阴·记花朝

清景三春今日是，歌向芳丛里。袅袅上重楼，脉脉清寒，风动轻帘倚。

软烟翠袖斜簪蕊，青杏新桃李。君看晓枝头，春色三分，分与留湘绮。

丁酉年二月十七

踏莎行

鸦鬓簪花，蛾眉点翠，秋千儿下熏风醉。昔时春色近如何？长安不见空垂泪。

夜夜相思，催人憔悴，独将心事和衣睡。镜中难觅旧音容，庭芳着蕊君归未？

丁酉年三月廿一

渔家傲

平生自在轻年少，金樽饮罢眠舟棹。莫负莺莺珊枕扰。歌窈窕，西楼却嗅青梅小。

常怪东君归去早，那堪独对花枝少。粉面新妆眉黛好。月出皎，瑶筝弹遍相思恼。

丁酉年四月初五

点绛唇·记丁酉岁端午汉服行

坊巷人家，南风欲展青青艾。翠舒帘外。染得眉如黛。浴遍香兰，皓腕缠新彩。君应爱。碧垂烟霭。一枕清阴待。

丁酉年五月初八

凤凰台上忆吹箫

《阳关三叠》，一名曰《渭城曲》，乃取自昔日摩诘赠别友人之作。其曲以琴奏之，轻愁宛然，不显大哀而能使人尝其中悲苦滋味。其情依依，寸萦于心，闻声者若临其境。今为词一阕，因昔易安作《凤凰台上忆吹箫》词，有句云：千万遍阳关，也则难留。故寄此调，以托琴思。

途浥轻尘，翠遮新柳，奈春难解离愁。料此情应是，对酒难收。春色三分赠与，相别去，寂寞空留。阳关远，萋萋草色，认得归舟？

登楼。故人旧曲，凭尺素相邀，往日风流。恨此间滋味，空叹休休。夤夜阑干斜倚，谁共我，飞盏悠游？书难尽，千言奈何，执笔无由。

丁酉年七月十一

风入松·记丁酉年八月初五琴谷雅集

一池青霭淡秋筠，竹苑净无尘。小庭清寂蘋风远，有双鹭、顾影溪湄。杳杳丝桐清调，流泉石上莺闻。

何妨心事付幽真，朴素自殊伦。伤怀莫叹知音少，钟期遇、弦上留芬。拂袖何惭流水，为君一曲松云。

丁酉年八月初七

青玉案

久封诗笔无新韵，旧衾枕，秋心困，冷月寒江愁不尽。夜来风雨，敲窗相问，何事书长恨？

萧条木叶凭风陨，谁记西墙故园槿？料得孤山花事近。思来且待，三冬音讯，闲趁梅花信。

丁酉年十月廿八

鹧鸪天

玉案弦张素手调，新词古调对秋朝。清风江上栖鸥鹭，明月山间寄客樵。

拈旧曲，向君操，夜阑漏永意迢迢。劝君莫负良宵趣，卧看星河银汉遥。

丁酉年冬月廿九

望江南

戊戌元日寻春梅洋，东君先至，遗余桃夭一树。始知十分春意，枝头既盛，恰宜赏玩品鉴。作词一阕以记，调寄望江南。

春无迹，悄悄入南乡。日久不知花信至，忽闻桃李列天香。芳草绿池塘。

戊戌年正月初一

行香子·花朝

双燕颉颃，掠岸相将。看枝头、绣带招飏。花飞衣袖，沾湿红香。过小桥南，小桥北，隐苔墙。

红尘烟柳，紫陌垂杨。拂沙堤、浅蘸池塘。三分春色，何处思量？看竹枝外，桃枝上，柳枝旁。

戊戌年二月廿五

眼儿媚·春去

江北江南褪清寒，连日意阑珊。东君去也，盈盈万点，飞过秋千。

杨花浮水随春远，独自倚阑干。莺声织乱，千丝垂柳，一缕孤烟。

戊戌年三月廿四

蝶恋花·柳絮

才换春衫春又暮。枝上吹绵，乱逐莺声去。杜宇千山呼不住，香尘漫卷风前舞。

挥手别君芳草路。且向天涯，莫忘春归处。楼外垂杨千万缕，明年相见应如故。

戊戌年四月初九

江城子·病中作

愁云漠漠绕天长，忍思量，更神伤。恹恹无绪，倚困枕孤窗。昨夜病中心事懒，星黯淡，月昏黄。

戊戌年四月十六

江南春

风澹泊，雨初收。诗书依枕簟，云岫入帘钩。江天拈得斜阳色，怜我多情还上楼。

戊戌年四月廿四

浪淘沙

连日意阑珊，惆怅千般。忧思未解更重煎。病枕无聊浑不寐，渐减清欢。

睡起倚栏杆，浓淡云山。欲将心事寄词笺。便作归思惟自苦，欲诉无言。

戊戌年四月廿六

柳梢青

独自凭楼，三分旧怨，剩了新愁。长恨人生，偏多怀苦，好梦难留。

更能几度春秋，敧病枕、啼痕未收。魂断神伤，萦萦扰扰，又上眉头。

戊戌年四月廿七

柳梢青

坐倚轩窗，薰风正醉，又近端阳，晓镜梳妆，轻拈彩线，更浴兰香。

小词新句三行，有双燕、飞来画堂。帘外徘徊，檐间私语，只在回廊。

戊戌年五月初二

南乡子

佳节近端阳。燕子飞来更绕梁。也傍珠帘吟秀句，双双，掠影相将入画堂。

翠尾蘸池塘。一点波心映玉廊。爱此良辰风色好，弦张，旧曲新声幽兴长。

戊戌年五月初三

浪淘沙·记端午游后垅

风细柳如丝，弄碧参差。云描远黛展宫眉。微雨半篙添水面，行到东篱。

燕子又飞回，远树依微。疏林几处作新炊。偏爱偷闲乘好景，扶兴来归。

戊戌年五月初五

眼儿媚

终日恹恹懒援毫，杯酒不能消。旧时风景，今时思绪，慵枕无聊。

朱弦一弄阳光曲，曲罢试新操。两三声却，窗前倦倚，窗外潇潇。

戊戌年六月十一

柳梢青

枕上香留，游丝静转，镇日凭楼。傍醉才醒，扶头不语，只叹休休。

恼人天气逢秋，断肠句、啼痕未收。旧恨新愁，一般难说，都到心头。

戊戌年六月廿七

八声甘州·秋分登高作

渐仲秋时节，遍青山游冶恰新晴。正西风到处，寒蛩声里，步过云扃。墙外修篘丛倚，偃蹇竞娉婷。长眄清江阔，水净山明。

莫负秋光如许，望天高云远，好趁幽情。对山亭野坞，曲径少人行。更登临，凭高相和，倚长风，隔岸看潮平。堪游目，骋怀击筑，翡翠杯倾。

戊戌年八月十四

人月圆·中秋夜

清宵待月琴三弄，冰魄鉴秋光。好天良夜，诗情别趁，蟾影幢幢。

且邀闲趣，南窗共倚，争饼飞觞。此身此夜，年年长是，月照西厢。

戊戌年八月十五

眼儿媚

初上冰轮转空廊，偷觑茜纱窗。有心邀月，共来檐下，争奈秋凉。

凭栏悄悄无人问，独坐自神伤。寒蛩凄断，黄花衰草，枯柳池塘。

戊戌年八月十六

汉宫春

红叶黄花，过清秋一半，渐老江波。西风经处，一夜翻乱枯荷。湘君白发，忘人间、几烂樵柯。频觑著，如钩新月，溪桥独钓星河。

白露初生银浦，纵风飘一舸，浩唱渔歌。轻舟别君去也，雨笠烟蓑。归期莫问，但悠游、且效东坡。休更说、尘劳俗累，暂将杯酒如何？

戊戌年八月十七

如梦令

读小山词有“渐写到别来，此情深处，红笺为无色”之句，尽别离相思之致，感而作此，调寄如梦令。

饮醉一瓯秋魄。临案拂笺呵笔。写到别离时，泪浸彩笺无色。行客。行客。莫忘路遥相忆。

戊戌年八月十八

沁园春·读放翁词，感其平生之志，复伤其不遇，作此以寄怀

千里长河，万里平沙，莽莽雪营。对夕烟落日，孤城关塞，浊醪杯酒，遥想平生。拂剑横戈，龙泉虎穴，自许封侯不可轻。凌云志，誓胡尘扫静，再拜神京。

夜阑铁骑无声，怆然叹中原业未兴。恨功名才立，此身老老，燕然未勒，鬓已星星。泪浸黄埃，愁迁冷月，遥倩悲风入故城。销凝处，但胡笳声怨，边角声清。

戊戌年八月廿

行香子·磊溪

漱玉飞琼，抱石流英。正秋风、远送蝉声。素湍浮影，人与云清。有风浓淡，树高下，最关情。

今朝何似，身在瑶京。闲游处、恰好心情。殷勤飞鸟，韵语嘤咛。向云枝立，清讴去，赏新晴。

戊戌年八月廿二

柳梢青·磊溪

天淡云轻。闲乘野兴，好趁幽情。泉石相鸣，灵禽自语，俗累都轻。

陶陶且乐浮生。对清景、诗情若倾。欲问秋声，秋蝉儿噪，秋雀儿清。

戊戌年八月廿二

行香子·磊溪

山色分明，水色流莹。秋峦近、天湛云清。无人幽径，有客行经。但蝉儿噪，蝶儿舞，雀儿鸣。

喧流乱石，叩玉鸣琤。鉴秋光、一片寒晶。尘劳俗累，一顿都清。但世情远，幽情动，野情生。

戊戌年八月廿三

忆旧游·秋

正寒侵薄被，一夜西风，吹老蝉声。独立人憔悴，但清江冷月，不解多情。忍听草际凄断，蛩语暗鸦惊。对寂寞黄花，伶仃木叶，落魄伤情。

调筝，小窗下。等过雁飞鸿，孤影茕茕。难就相思句，是千帆过尽，颙望归程。奈何执笔无寄，研墨却销凝。又送雨敲窗，堪于枕上听几更？

戊戌年九月初三

惜红衣

黯淡秋阴，凄沈暮色，晚鸦啼急。断续寒砧，声声乱横笛。都来此际，愁最是、难消难掷。霜积，潘鬓白生，叹流年轻易。

西风瑟瑟，江上烟波，依稀向昏黑。妆楼独立泪滴，念行客。立尽夕阳帆影，欲问雁行消息。教尺书捎寄，消瘦柳郎词笔。

戊戌年九月初三

洞仙歌

沈腰潘鬓，被西风催替。几度征帆过天际。送飞鸿、归去捎寄鸾笺。殷勤语，莫忘回书一纸。

偷弹相思泪，频倚栏杆，争奈城高路迢递。不记柳郎词，但数归期，偏又是、恼人天气。恨唯有西楼月相知，共玉枕寒窗，夜光如水。

戊戌年九月初三

鹧鸪天·西湖柳

碧缕摇风一万枝，风流记取季真词。堪怜楚女腰肢细，尤惜湘娥体态奇。

披玉带，展宫眉，亭亭照水绾青丝。绿云理罢妆犹未，还向西风借玉笄。

戊戌年九月初五

永遇乐·西湖

何处秋光？画桥轻舫，风色如许。柳蘸湖心，江飞白鹭，似与行人语。烟汀沙觜，酣游野客，一任小舟飘雨。弄垂杨、牵衣萦袖，请君暂留稍驻。

桥头渡口，飞来双燕，楼外呼朋携侣。宛在堂边，池塘嬉鲤，争啄青青缕。半篙波涨，兰桡桂棹，占尽江南佳处。西风起、殷勤唤我，惜秋莫负。

戊戌年九月初七

唐多令·读红楼为颦卿作

楼上倚清秋，平添一段愁。记当时、别去扬州。堪恨此身飘泊苦，更没处、系兰舟。

吟旧古人讴，凭栏不自由。叹颦颦、泪浸双眸。飞絮落花应似我，知惆怅，几时休？

戊戌年九月初八

千秋岁

连日秋阴，心情恹恹，今日初霁，始有风霜高洁之感，为《千秋岁》一阕，以抒清怀。

楚天初涤，云淡秋江色。沙渚白，寒山碧。西风轻羽棹，晴日开修翮。清景甚，水风澹澹波明瑟。

睡起拈词笔，相问谁吹笛？声渺邈，幽情逸。砾洲栖白鹭，抚景堪图画。观四序，可怜最是清秋客。

戊戌年九月十二

雨霖铃·读颦卿《秋窗风雨夕》作

西风凄断，茜纱窗下，对烛空叹。秋灯耿耿无寐，秋屏悄悄，秋心摧乱。忽听虚窗滴沥，湿斑竹桃面。夜漏永、偏助寒声，最是离人恨难遣。

摇摇烛影愁无限，更颦颦、惨淡双眉怨。那堪对镜憔悴，襟袖上、泪痕啼满。脉脉连宵，消得灯前怅恨无算。怎奈得、霜剑风刀，夕夕催长潸！

戊戌年九月十二

荷叶杯·秋晴

初霁云高天阔，风物，最多情。渚清沙白楚江远，秋晚，懒调筝。

戊戌年九月十五

雪梅香·读卢梅坡《雪梅》诗作

问清景，多情总在雪梅间。教纤枝香动，风光占尽无边。六出晶莹恰新绽，旋飞常抱北风寒。卧枝上，欲倩骚人，评说相看。

临寒。搁诗笔，却道梅花，逊雪清颜。雪色虽佳，但输一段香繁。分付双花助吟兴，劝留寒客傍臞仙。枝头色，已作三分，疑是春还。

戊戌年九月十六

如梦令·读卢梅坡《雪梅》诗作

争得东君风物，欲倩骚人评说。六出北风裁，稍逊腊梅香彻。清绝，清绝，最是玉晶冰洁。

戊戌年九月十六

桂枝香

长空破碧，乍霁日晴云，秋江明瑟。万顷天光倏绽，醉人风色。晚凉天气清诗骨，惜秋旻、难收图画。骋怀游目，舸开轻棹，鸟舒修翮。

数长堤、酣游野客。正晚蝉高噪，鸣雀千百。尽处斜飞鸥鹭，蘸波无迹。凭高欲试新词笔，爱西风怜我相得。漫吟佳句，黄花秋草，碧峰绵历。

戊戌年九月廿

鹧鸪天·秋兴

山色分明水色幽，断鸿声里一登楼。江飞白鸟成双影，案供黄花对一瓯。

疏柳岸，小蘋洲，无人野渡自横舟。沙禽共我殷勤语，赋得新词遗尔讴。

戊戌年九月廿二

水龙吟·蝴蝶

小园早放春回，彩衣争共东风舞。傍花拂柳，竞夸颜色，春光难顾。乱扑秋千，忙衔嫩蕊，纷纷无数。爱长招绣带，漫摇香屑，最堪惜，春如许。

常怕芳菲歇去，抱花枝、欲留香住。东君别后，此身零落，亦如尘土。纵使明春，经年再见，知能如故？劝匆匆且住，韶光占取，莫将孤负。

戊戌年九月廿四

高阳台·秋阴

薄雾横江，浓云绕岭，西风吹断愁肠。独立江楼，栏杆倚遍神伤。黄花落尽猿声绝，白露泠、冻浦飞霜。最销凝、脉脉飕飕，泪湿寒窗。

连宵枕上啼痕乱，更那堪风雨，偏助凄凉！衰草鸣蛩，惊回晓梦思量。烟销小鼎游丝断，昼昏昏、浑懒词章。小蘋洲、白鸟无言，枯柳池塘。

戊戌年九月廿五

临江仙·白梅花

弱蕊含香噙素雪，琼枝早试东风。年年花序占芳丛。凌寒先一朵，独立月明中。

落去东君休顾惜，此身归处由侬。吾乡自与雪乡同：根芽云外种，只在玉瑶宫。

戊戌年九月廿五

鹧鸪天·红梅花

独对霏霏傲众芳，琉璃妆点正茫茫。色分湘女丹霞面，香借瑶池玉液浆。

吟旧句，赋新章，骚人搁笔立寒窗。枝头未是三分色，已占人间第一香。

戊戌年九月廿五

浪淘沙·观江上鹭群，偶见北来征雁

烟渚晚飞霜，澹澹秋江。小楼凭倚望茫茫。一点江心栖白鹭，缟素衣裳。

掠羽踏沧浪，自在徜徉。北来征雁入南乡。惊起沙禽时一只，飞去相将。

戊戌年九月廿六

鹊踏枝

山色浅深云色晚，依约清寒，远近江如练。浓淡野情风缱绻，鹊儿频踏秋枝软。

来去鹭鸶眠水惯，明灭秋波，白渚青莎岸。鸟不知名偏婉转，殷勤总向游人啭。

戊戌年九月廿八

菩萨蛮·立冬

清江水落波明瑟，鹭鸶飞去沙汀白。才是北风回，岭头催早梅。

一瓯春欲发，乳沫浮琼雪。炉火试新醅，卷帘邀翠微。

戊戌年九月卅

鹧鸪天·观江鹭

白渚青山各自闲，江楼独立倚栏干。烟汀草树浮天远，野岸沙禽隔水眠。

山迤逦，水潺湲，一瓯风色醉云边。长篙短舸悠悠去，赊得江天无一钱。

戊戌年十月初二

念奴娇·凭楼观江

楚天千里，放澄江似练，浓云攒聚。澹澹寒波天末起，远送一篙东去。白鸟飞回，烟汀野渡，隔水眠沙渚。凭栏镇日，望中云岭归暮。

最爱向晚秋阴，半江烟水，清赏堪游步。独立小楼风色渐，人在画图深处。鵁鹊归飞，鹭鸶绕岭，自得渔樵侣。尘劳休顾，莫将清景轻负。

戊戌年十月初三

十六字令

秋。独自凭栏独自愁。西风起，一叶过江头。

秋。一苇寒江白鹭洲。黄昏后，消得几多愁。

秋。木叶萧萧过小楼。偏无赖，捎恨上心头。

戊戌年十月初七

捣练子

秋去也，立江楼。白鹭归飞水自流。已是两眉愁不展，奈何愁又上心头。

戊戌年十月初七

南歌子

又送西风去，萧萧木叶摧。小楼独立复徘徊。争奈秋阴无赖寄愁回。

戊戌年十月初七

渔歌子

一片西风吹作愁，三分零落入东流。临野渡，系孤舟，黄昏独立小桥头。

戊戌年十月初八

画堂春·暮秋

鹭鸶飞去复飞回，疏烟隔雨依稀。秋江澹澹起寒漪，小舸东西。

才送西风归去，北风又扣柴扉。伶仃木叶缀残枝，细雨沾衣。

戊戌年十月初八

南乡子

帐抱西风，晚凉天气雨声中。分与秋江愁一半，吹散，换了浮生三百盏。

戊戌年十月初九

忆旧游·为鬘卿赋

正夜阑悄悄，一枕西风，惊梦无聊。两处罗衾冷，是三更酒醒，漏断残宵。四时泪尽憔悴，偷泣渍鲛绡。叹五字愁多，偏捎冷月，负了春韶！

萧萧。卷帘去，惹六出沾衣，忽觉秋凋。镇日心情懒，对黄花衰草，肠断魂消。七弦说尽乡思，争奈路迢迢。记八九春秋，孤光十里空寂寥。

戊戌年十月廿四

望海潮·西湖冬晴

扶风千树，含烟万缕，依依不语娉婷。波泛画船，鱼追素舸，縠纹弄影青青。红袖绕钿璎。月门入深径，依约罗屏。淡扫晴云，一川风色，画难成。

枯荷一一伶俜。正芭蕉叶底，细草蛩鸣。山石漱泉，修筠偃蹇，虚窗瘦影摇扃。游醉暖风轻。舞袖相将去，朱槛雕甍。携手芳丛看遍，归去踏歌声。

戊戌年十月廿六

文部

横渠四句论

宋张载云："为天地立心，为生民立命，为往圣继绝学，为万世开太平。"

为天地立心者，立己之本心于天地，志不言大，但得无愧，死生不可忘。虽不能达屈平、文山之俦，秉初心之所向，以励人生之逆旅，亦无悔矣。

为生民立命者，此较之立心而为大，不惟立己，而推之及人，可以泽一方之民，是为为民生计。范文正有言："先天下之忧而忧，后天下之乐而乐。"此有家国之担当，即可达圣贤之大道也。

所谓"为万世开太平"者，此则圣君贤臣所为，非众人可成也。

凡此四句，予尤喜"继绝学"之言。予每览古圣贤之学说，慕古人之高风。其善其仁，其义其德，具六经之精义，起后世之高标。古有博学之士，必以前圣为师，通其语之精义，然后参己之所得，方觉其中真善。如韩昌黎所言："为文宜师古圣贤人。"为文为人，立身之道，皆从往圣诲导中来。

复思今世之人，非惟不习《经》《书》，且以一已之浅见，妄评先贤之圣道，尤以无知作博学。实乃"蚍蜉撼大树，可笑不自量"。较之《尊经》所言"侮经""贼经"之辈，不及多矣，不可并论。

悲夫！江山之易，世事之迁，竟教人心不复。鲜有敏学德高之士，悉留崇洋媚外之走狗，数典忘祖之奸贼，岂不痛哉！

不惜经典，不行道义，将何立于天地？每见今人多尊西洋书著而忘往圣之诲，不识亦已，更至诽谤，气不能平，作文论以怀故时民风。此心实恨，惟太息尔。

丁酉年正月廿

白岩山记

四月清和，适逢休暇，遂趁春风美景之良辰，偕行往白岩山寻幽。山川灵秀，造化神功。峰回路转，隐有松声万壑，遥传天籁。

初至山门，日光犹盛，缓步自青石阶而上，古木苍苍，阴郁葱茏。虽晴和天气，然翠峰之上，绿影参天，如张碧网，唯风动柯枝，纵横之间，略缺之隙，可见日色筛漏，寸缕斜映。光影浓淡，跳脱生趣。

复拾阶而行，凉雾渐起，似有薄露侵衣，襟袂沾拂，寒意稍透。摩诘尝有诗云“山路元无雨，空翠湿人衣”，盖言此景耳。

石铺青苔，有泉声泠泠。举颈而观，岩壁高悬，水连千线垂泻，声如珠玉相鸣，若涤凡尘之浊念。

山径崎岖，所经奇石异景，皆历代名撰。朱公尝于此游历，为“八闽岳祖”之题，其迹犹存。

愈近高处，行则愈难，竟生退归之意。幸遇采茶者，闻言此去路途无多，已近山巅，此时归去，实甚可惜。沿途赏景，但觉经行处皆别有洞天，陶然忘乎物我之所存。

过石洞之门，清幽更甚，梵音萦耳，远近悠杳。至白岩寺中，已近日暮。斜晖漫染，山头遥映。忽觉心阔神清。思介甫所言“世之奇伟瑰怪非常之观，常在于险远，而人之所罕至焉”，今日始觉方悟矣。

丁酉年四月初五于聚墨轩记

祭史阁部文

维崇祯三百九十年，岁次丁酉，四月己巳朔越廿四日丁未，聚墨轩怀明谨以至诚之心，奉笔墨之奠，致祭于忠烈之灵。

呜呼！昔甲申之岁，亦今时之日，兵围扬州。枯骨生野，血泪满城。公守汉室之节，将身与城为殉。此举国之哀，天地冥冥，星河惨淡。思公本儒冠袍带之士，擎日月之昭心，当千骑之风雨，毅魄铁骨，忠铭万世。今哀而作歌曰：

何苍天之冥冥兮，失日月之宏光；痛山河之沉寂兮，没弦管之陈章；幸丹心之昭昭兮，余百代之铿锵；怀精魂之不朽兮，犹昭质其弥章；纵泥沼之浊境兮，亦不改乎其芳；惟公之浩然兮，若长河之汤汤。

仰万顷之高旻兮，俯千重之沧浪；山川为公傲骨兮，日月铸之精魂；虽英雄之既往兮，此国殇之不忘；誓继公之大义兮，复期以格公之灵。

守日月之归来兮，复天地之明明；欲更言以吾志兮，奈此意之难尽；何以达余之祈愿兮，且江月以相奉。此伏惟兮哀悼，犹潸潸兮泪垂。呜呼哀哉，尚飨！

丁酉年四月廿五

读《苏武传》作

古来精忠高节之士，皆秉其丹心傲骨，轻浮利而重精神；其躯或微，然其气之所成，浩然八方，撼御风霆。

余亦尝略知苏公之迹，今日复读《苏武传》，感其忠义，仰其坚节，读罢怆然，泣涕潸潸。

嗟乎！白雪被野，北风砭骨；衰草无生，鸟兽潜藏；苍天冥冥，八荒寂寥。苏公于此荒烟不毛之地，仗汉节牧羊十九载，身虽处蛮野，犹未或忘汉室。风刀霜剑，或可染其须发，然纵斧钺千钧，亦不能屈其傲骨；逝者如斯，但可灭其形骸，然乾坤几易，日月千迭，其精魂正气，昭昭不泯。其后所继者，宋有岳武文山，明有阁部苍水，更千万志士忠魂。此三朝远间百载，然其精神所蕴，皆出同根；英烈之名，悉留青史，为后世之高标，当以永铭毋忘。

然今世之人，及其高义者能几？此间世事，人心皆惑，但知虚名浮利之快，一己享乐之私，汲汲荣华，逐浊流而失淡静，而若于危困处则不能仗节。况今人固驽钝卑躬，崇媚外邦，而于吾中华之正道，不行不敬，至于毁谤。虽二三者辟荆棘而行之，所闻亦多辱诟嘲讽。呜呼！义节乃汉室千秋万载之承，至今竟教吾汉人自断之，何也？皆失魂灵而成世俗之傀儡欤？

余每思此，悲慨太息。余仰苏公之毅魄，复自愧不堪与之同论，犹滴水之于江海，寸草之于长林，埃尘之于广漠，蜉蝣之于苍冥。然今既入尘网而不得脱，亦当穷倾薄力，效苏公之行，继轩辕之志，以奉“为天地立心”之言。此心所向，自兹始矣。

丁酉年五月十八

棋说

棋者，道也。以其具道之精义，两衮阴阳，覆载乾坤。古来君子雅士，莫不爱之，或以遣兴，或以结友。

棋者书斋之侣，或于山野竹户，清夜林间，知己二三，设纹枰以相邀。闲敲云子，拈风揽月，方得人生之真趣。

然古之棋道，今欲不复矣！世俗傀儡之徒，争效外邦之棋术，贬毁古人之技，因易棋规。其不知外邦之棋艺何以得欤！吾有佳技绝学，而人效之；吾今自断之，而复效人。思其愚陋，极也。

今之棋道，以为竞技，吾不知其义何存。失棋之本真，既易根矣，犹冠其名，愚邪？惑邪？

今如此者多矣，一力绵薄，无以回天。幸污世浊尘之间，未断华夏之根，古风犹或存于街巷。西窗问典之际，或可闻古弈之精义妙道，相论前贤之诲言经典，心亦稍慰矣。

丁酉年六月初二

同窗临别，赠李君书，附浪淘沙词一首

与君相识，但数月而已，然今于窗下执笔，忆昔相与之日，竟生流连。寄君离言：此心拳拳，奈意长笺短，切切之情，不可尽诉。聊以小词一阕，表余寸心。

烟里柳如丝，碧影参差。熏风细细梦迟迟。今日为君弦上语，弹遍相思。

寄与小笺词，此意应知：金风会绾桂兰枝。他日相逢重把盏，再话新诗。

文卿顿首。

丁酉年六月十四

赠别同窗挚友刘君书

今夜灯下执笔为书，念与君数月朝夕，相知情切，临别之际，不胜依依之情。犹记初识，虽未通姓字，亦未尝疏怯之意。古人云：一见如旧。盖言此矣。仆于此间，多泛泛之交，而知我者甚微。自与君同砚为友，相与言欢，始称知心。余思东坡尝有《八声甘州》一词赠友参寥，其词云：如我与君稀。昔时每吟，感于其情。一朝将别，念念于心，复思此言，一时慨然。信笔书来，言不尽意，聊表寸心。复拟小词一阕，调寄临江仙，寄君勉之。

忆昔相携今欲别，青笺惆怅难凭。轩窗独坐弄瑶筝。好将弦上意，付与晓风清。

夤夜孤灯穿红豆，依稀微月疏星。流光琥珀盏中倾。此情迢寄与，一梦请君听。

文卿谨启。

丁酉年六月十五

再赠

昨日短笺难尽意，今朝尺素复为章。

金风折桂题金榜，会挽涛澜万丈长！

丁酉年六月廿六

自赠

近日每觉胸中郁郁，无故怅然，寂寥无所欢。静夜于灯下执笔，即为此书，奈不知何寄。凡尘扰扰，非幽涧仙崖，自难寻高山流水。每发慨叹，伤孤心之渺渺，地阔天遥，知子期之何所居耶？焦尾弦动，惟应知音；马行千里，但因伯乐。奈仆之心，欲以何表？言不能传神，文不能尽意。惟以方寸托所思，凝神于笔，宣意于笺，信笔寥寥，聊以相慰。书无致所，且致吾心。

夫古人清兴，四时朝暮，书画琴棋，以为遣情。更有知己相邀，弄月吟风，乐之何极！仆今于尘网之间，一去十七载矣。终日所闻，嘈嘈车鸣；极目所见，咫尺高楼。绝天籁之灵幽，蔽山川之雄秀。虽寻幽于野，然终未得造化之真趣，难知“别有天地非人间”之言，亦唯叹惜而已。

仆尝思归隐，或可得道于自然。然今复有所挂碍：仆思为轩辕之裔，必重兴华夏之志，岂可偏安？遂绝旧念，誓致心于此。东坡有词云：“人生如逆旅，我亦是行人。”仆于逆旅而行，既择此途，自当穷倾薄力，无悔无退。今书此言，以期自勉。

人生常不如意，若仆之言，亦怀怨而发，实伤今之世道坎坷，亦惜己心孤存。古人叹曰：知音难觅。诚不虚也。

仆自知情志无以宣托，且以此书自赠。顿首顿首。

丁酉年六月廿七

读子由《舟中听琴》有感

“世人嚣嚣好丝竹，撞钟击鼓浪谓荣。安知江琴韵超绝，摆耳大笑不肯听。”此发知音世所稀之慨。合雅大乐，成文正音，琴非知音者不可识，其奈知音不遇，惜哉惜哉！子由诗多冲淡之意，而内蕴放旷之怀；多平和之态，而不舍跌宕之思，可谓知音矣。其才不下东坡，世人不知耳。

丁酉年十月廿

琴赋

嵇叔夜云："众器之中，琴德最优。"又云："愔愔琴德，不可测兮……能尽雅琴，惟至人兮。"

琴理至道，成文正音，自古远籁，浩荡松风。

广陵止息，千载不绝；流水高山，三稔乃成。抚幽兰之曲，歌水仙之操。援琴侍茶，忘机于岩泉之上；操缦焚香，得趣在松石其间。通幽曲径，自无劳春风驱尘；鉴月清夜，或可得妙手移情。

书斋佳侣，敝庐知音，渔樵间钟期自遇；东篱雅客，南山高士，桃源外清景难逢。指下急湍，飞流碎玉；弦上春山，杜宇连珠。天地清虚，杳杳幽真之境；云川缈远，愔愔自古之声。

古调独弹，岂宁负他芳日？雅乐相赏，勿使虚此良辰。将携兰亭之幽趣，以赴竹林之佳期。

丁酉年冬月十九

尤溪记

戊戌正月五日，访尤溪朱公祠。经行溪畔，水面初平，春波涌碧。有铁索桥悬其上，步之荡漾若行舟。横木所间，略有缺隙，盖以其年久未治之故。行于其上，俯首下视，见沄沄波动，或觉其别有生趣，或有目眩之感，而心生惧焉。

静立远眺，目之所极，皆山水一色，不能辨也。

驱车久之，行至书院，牌楼叠峦，矗若云嶂。宏整肃然，望之起敬。入谒文公祠，览圣贤家训，仰其遗风，俯伏受诲，豁然神清。

屋宇巷陌，交通错落。承其庄严气象，亦心生肃然。后复览开山书院等处，经行辄有文墨书香萦动。盖此地灵人杰，故得文脉相传也。

夫子所教，泽被万世而不泯。其若源头活水，鉴开明光，滔滔汩汩而无息止也。

余今幸得临此，瞻访先生遗迹，得鱼跃鸢飞之兴，意何快哉！

戊戌年正月十二懐明于聚墨轩识

鼓山记

戊戌二月二日，东风既盛，驱车百里访鼓山胜迹。入山门，峰回路转，蜿蜒折环，夹道盈翠。柯枝横斜，倾探而出，几与地平。盖缘其地势险峭，根不能深下之故。

既入十八景园，多诗文经赋摩崖其上，拾阶而行，饱览壮观。

过石瀑，攀云梯，其宽不足纳履，仅以铁索缚桩，攀扶而行，立之四顾，下望众山房舍皆隐现云雾之间，以其险绝，行未半而却之。复择缓阶上，至达摩洞，又望州亭，登高台等小景。千峰云气，万壑松声，虚怀尽揽。

山多歧路，循图索景，尚不知且欲何之。至一岩下，仰而视之，因其碑载，知其为八仙岩也。行未十步，有巨岩相砌，岩底夷且阔，抚之光滑，其下空然，别有洞天，叹此造化之神功。侧岩刻“天定必吉”，信其然也。

日当卓午，略饮食，再入山中。随人而行，下石阶数级，见一天成巨岩，状若蟠桃，下以“蟠桃林”勒石。曲径稍回，豁然开朗，耳目涤尘：有桃花一树，傍岩而生，猗那其态。粉蕊竞妍，柯枝纵横，视之约丈余。十分春色，于此尽见。岩勒“龙首”，适二月二游此，特以记之。

孔子曰：登泰山而小天下。今临鼓山之巅，目与云齐，眇群山之延绵，涛澜生于足下，清江一曲，尽入眼底，极登临之胜，竟亦生小天下之感。

太白诗曰：五岳寻仙不辞远，一生好入名山游。噫！登高壮观，览此胜况，何可乐哉！

戊戌年二月二日懷明于聚墨轩识

记戊戌秋晴

秋阴散尽，惠风畅然。烟光乍霁，长空一洗，云疏天阔，杳渺无极。江波明瑟，白鸟飞回，渚清沙浅，水落石出。诗客多情，登楼以极目；骚人有兴，凭轩而骋怀。披襟临江，共把酒以抒旷；解带当风，相扶醉而清讴。倚秋兴以击筑，抱幽情而长歌。志今朝之怡趣，遗明夕之清欢。

戊戌年九月廿二

读梦得题秋之诗有怀

夫秋，发悲怀者也。凡为秋之诗，虽中无愁绪，其辞自多有哀感。非其情哀，而在草木之变衰。人为动物，亦得其灵。

余为诗也，爱秋清之气，其清诗骨，或可别出佳句。然情虽为乐，词亦不免怅恨之感，故鲜得疏旷之句。然秋气清肃，正堪四望，无为惆怅，乃可涤心净虑。能为此者，余于古人诗始有得之。

自古爱秋者，余所见唯唐之刘梦得而已。其为秋之题，萧肃疏朗，其情也旷，故词有空阔之境，直若凌虚而来，砭人困怀。邈然若天地独我一人，不以之为寂寥堪悲者，而与秋相得，友之亲之，自得怡然矣。

戊戌年九月廿四